這次一定要

學會

こんどこそ
ごじゅうおんを
おぼえようね

MP3

日語50音

上原小百合

（うえはら　さゆり）著

STS

Preface 前言

50 音不難！3 招讓您一天學會 50 音！
萌插圖輕鬆學 50 音字形！
認識字源，50 音真的不用背！

● ● ● ● ● ● ● ● ● ● ● ● ● ● ● ● ● ● ●

狂練發音，讓您大膽開口！
超甘心！80 句旅遊超常用會話！
がんばって（甘巴茶：加油）
おばさん　（歐巴桑：大嬸）

● ● ● ● ● ● ● ● ● ● ● ● ● ● ● ● ● ● ●

看到片假名的外來語，您就賺到了，怎麼說？
日本每年都要從國外引進很多外來語，特別是英語。日本外來語，
就是把英語等，就用片假名拼出來讀，所以只要聯想一下英語發音，
就可以啦！

我們先看旅日棒球選手**陽岱鋼**最愛說的「謝謝」，是怎麼來的。

サンキュウです。

サンキュウ是外來語，就是 Thank
you（謝謝），發音是不是很像呢；
常聽到什麼什麼「です」，在這裡
沒有意思，加在後面比較尊敬啦！

當然，許多流行服飾跟彩妝店，更是大量用外來語的片假名了。再加上您原本就熟悉的漢字，一看就懂啦！

春の流行メイク

（春天流行的彩妝；メイク就是英語的 make〈化妝〉）

反正，到了日本，只要先學個 50 音，就能大開眼界。還能吃超人氣美食，玩超夯景點、買最潮的彩妝服飾，快樂加倍。

● ● ● ● ● ● ● ● ● ● ● ● ● ● ● ● ● ● ●

精彩內容：

★ 圖像聯想 ★

學 50 音像交 50 個朋友！每一個假名都用「長相」、「名字」來作自我介紹，讓您有了逗趣聯想，假名就永遠保存在腦海中，成為您的好朋友啦！

★ 認識字源 ★

原來「あ」是從「安」來的！瞭解假名的發展，用中國字學假名印象更深刻。

★ 五分鐘字帖寫寫看 ★

不知道假名寫對了嗎？！就照著字帖寫一遍，注意提醒文字，就可以寫的又快又漂亮啦。

★ 延伸學習 ★

每天只唸五十音怎麼受得了！想學日文就是想講日文，本書一課一篇「常用會話」＋「好用單字」讓您學中用、用中學，學完假名您就可以用日語交朋友啦！

Contents 玩玩假名地圖

片假名

清音表

	あ／ア 段	い／イ 段	う／ウ 段	え／エ 段	お／オ 段
あ／ア 行	あ／ア a	い／イ i	う／ウ u	え／エ e	お／オ o
か／カ 行	か／カ ka	き／キ ki	く／ク ku	け／ケ ke	こ／コ ko
さ／サ 行	さ／サ sa	し／シ shi	す／ス su	せ／セ se	そ／ソ so
た／タ 行	た／タ ta	ち／チ chi	つ／ツ tsu	て／テ te	と／ト to
な／ナ 行	な／ナ na	に／ニ ni	ぬ／ヌ nu	ね／ネ ne	の／ノ no
は／ハ 行	は／ハ ha	ひ／ヒ hi	ふ／フ fu	へ／ヘ he	ほ／ホ ho
ま／マ 行	ま／マ ma	み／ミ mi	む／ム mu	め／メ me	も／モ mo
や／ヤ 行	や／ヤ ya		ゆ／ユ yu		よ／ヨ yo
ら／ラ 行	ら／ラ ra	り／リ ri	る／ル ru	れ／レ re	ろ／ロ ro
わ／ワ 行	わ／ワ wa				を／ヲ o

注意：發音上「お」與「を」相同。

撥音表 | ん／ン n

濁音、半濁音表

	あ／ア 段	い／イ 段	う／ウ 段	え／エ 段	お／オ 段
が／ガ 行	が／ガ ga	ぎ／ギ gi	ぐ／グ gu	げ／ゲ ge	ご／ゴ go
ざ／ザ 行	ざ／ザ za	じ／ジ ji	ず／ズ zu	ぜ／ゼ ze	ぞ／ゾ zo
だ／ダ 行	だ／ダ da	ぢ／ヂ ji	づ／ヅ zu	で／デ de	ど／ド do
ば／バ 行	ば／バ ba	び／ビ bi	ぶ／ブ bu	べ／ベ be	ぼ／ボ bo

注意：發音上「じ」與「ぢ」相同，「ず」與「づ」相同。

| ぱ／パ 行 | ぱ／パ pa | ぴ／ピ pi | ぷ／プ pu | ぺ／ペ pe | ぽ／ポ po |

拗音表

きゃ／キャ kya	きゅ／キュ kyu	きょ／キョ kyo
ぎゃ／ギャ gya	ぎゅ／ギュ gyu	ぎょ／ギョ gyo
しゃ／シャ sha	しゅ／シュ shu	しょ／ショ sho
じゃ／ジャ ja	じゅ／ジュ ju	じょ／ジョ jo
ちゃ／チャ cha	ちゅ／チュ chu	ちょ／チョ cho
ぢゃ／ヂャ ja	ぢゅ／ヂュ ju	ぢょ／ヂョ jo
にゃ／ニャ nya	にゅ／ニュ nyu	にょ／ニョ nyo
ひゃ／ヒャ hya	ひゅ／ヒュ hyu	ひょ／ヒョ hyo
びゃ／ビャ bya	びゅ／ビュ byu	びょ／ビョ byo
ぴゃ／ピャ pya	ぴゅ／ピュ pyu	ぴょ／ピョ pyo
みゃ／ミャ mya	みゅ／ミュ myu	みょ／ミョ myo
りゃ／リャ rya	りゅ／リュ ryu	りょ／リョ ryo

 STEP 01

圖像聯想

日語共有五個母音，就是あ行的這五個假名。

安

害我背黑鍋，
啊！加倍奉還！

【阿】

以

工作第一，
還是我第一！

【一】

宇

嗚嗚嗚～
好痛…

【嗚】

衣

老媽怎麼把我生
得這麼**矮**（台語）

【矮（台語）】

於

好可怕**喔**！

【喔】

再唸一次假名

[a]	[i]	[u]	[e]	[o]
あ	い	う	え	お

發音暖身

唸唸看	あえい　　あおう　いえあ　うおあ あえいう　　えおあお あいうえお	

單字中的假名

親愛的	可愛	梅子	哆啦A夢	老先生
あなた	かわいい	うめ	どらえもん	おじさん

假名寫寫看

三角形標示處要平行往左下撇

兩筆畫要空開些

❶ 45°往右下寫，❷收筆時要往左下撇

❷往右上，停一下再往左下一筆寫完，不勾

❷垂直往下，兩折再畫半圓。❸ 45°往右下點

假名小遊戲

❶ 哪一個假名才是正確的寫法呢？自己當小老師，找出正確假名寫法，並在
空白圈圈上打勾。

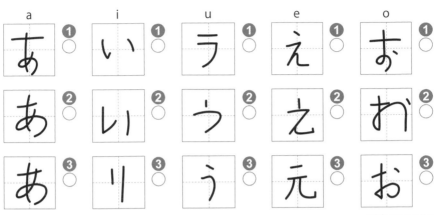

答案：21313

❷ 畫畫屬於自己的50音聯想圖，只要天馬行空一下，假名不用背你就會啦！

常用對話

你好

　　林志明是來自台灣的留學生，雖然功課平平，但是活潑開朗，人緣好，他最欣賞體貼又帶點調皮的日本同學理香了。今天上午林志明在校園碰見理香，兩人互相打了聲招呼。

理香：こんにちは。

林　：こんにちは。

理香：いい　お天気ですね。

林　：いい　お天気ですね。

理香：你好！

林　：你好！

理香：天氣真好啊！

林　：天氣真好啊！

家人怎麼說？

①
おじいさん 爺爺

②
おばあさん 奶奶

③
お父さん 父親
（とう）

④
お母さん 母親
（かあ）

⑤
私 我
（わたし）

⑥
お兄さん 哥哥
（にい）

⑦
お姉さん 姊姊
（ねえ）

⑧ 弟 弟弟
（おとうと）

⑨
妹 妹妹
（いもうと）

✎ 其他相關單字

▶ 両親 父母
（りょうしん）

▶ きょうだい 兄弟姊妹

▶ おじさん 伯父：叔叔

▶ おばさん 姑姑

▶ ご主人 您的先生
（しゅじん）

▶ 奥さん 尊夫人
（おく）

か行

 STEP 01

圖像聯想

か行是由子音[k]和五個母音[α][i][ɯ][e][o]相拼而成的。

加

哇！騎**腳**（台）踏車，好舒服喔！

「腳（台）」

幾

公車怎麼**傾**（台）一邊呢！老弱婦孺上下車方便啊！

「傾（台）、奇」

久

我像一匹野狼，馳騁在原野！**酷**斃了！

「酷」

計

感冒想吃冰
笨蛋！想被 K 啊

「K」

己

口紅只塗下半唇是資淺的舞妓，塗雙唇的是資深有簽約的藝妓。

「口」

STEP 02
再唸一次假名

ka	ki	ku	ke	ko
か	き	く	け	こ

＊「き」字在手寫時三、四畫是分開的，但印刷字體一般是連在一起的。

STEP 03
發音暖身

唸唸看	かけき　かこく　きけか　くこか かけきく　　けこかこ かきくけこ	

STEP 04
單字中的假名

手提包	心情	櫻花	清酒	你好
かばん	きもち	さくら	さけ	こんにちは
↓	↓	↓	↓	↓

假名寫寫看

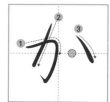

此字像打開的傘。
◎處要空開

❶❷平行往右上寫。
❸往右下斜寫再左勾

開頭與結束在同一垂
直線上。轉折在中間

❶往下寫弧線再勾。
❸往下直寫再左撇

兩筆同長平行，往右
下的弧線。中間空開

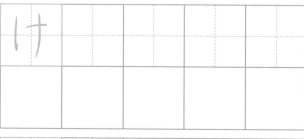

假名小遊戲

❶ **哪一個假名才是正確的寫法呢?** 自己當小老師,找出正確假名寫法,並在空白圈圈上打勾。

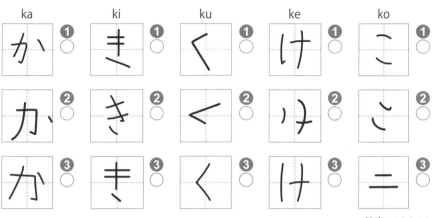

| ka | ki | ku | ke | ko |

答案:12311

❷ **畫畫屬於自己的50音聯想圖**,只要天馬行空一下,假名不用背你就會啦!

初次見面，請多指教

林志明剛搬新家，到隔壁的橋本家打招呼。
橋本家是兩層透天的雅致房子，前面有個美麗的小
庭院。每天林志明從窗外都可以看到，優雅的橋本
太太精心地整理庭院，心想得找一天去跟她寒暄一
下。

林　：はじめまして。林です。台湾から
　　　来ました。

橋本：はじめまして。橋本です。

林　：よろしく　お願いします。

橋本：どうぞ　よろしく。

林　：初次見面，我姓林，從台灣來的。
橋本：初次見面，我姓橋本。
林　：請多指教。
橋本：請多指教。

Point 02

大自然怎麼說？

①

②

③

④

⑤

⑥

⑦

⑧

① そら
空 天空

② やま
山 山

③ かわ／かわ
川／河 河川

④ うみ
海 海洋

⑤ いわ
岩 岩石

⑥ き
木 樹木

⑦ とり
鳥 鳥

⑧ いぬ
犬 狗

✏ 其它相關單字

▶ ねこ
猫 貓

▶ はな
花 花

▶ さかな
魚 魚

▶ どうぶつ
動物 動物

圖像聯想

さ行五個假名是子音[s]和母音[ɑ][ɯ][e][o]，子音[ʃ]
和母音[i]相拼而成的。

左

坐在**沙**灘上，
好舒服喔！

「沙」

之

女人每天晚上做的事。補充維
他命 C 啦！刮著腿毛…啦！

「細」

寸

看！吃麵就
要一口氣**吸**
（台）！

「吸（台）」

世

哇！在椅子上也能跪坐喔！
西（台）洋人都佩服！

「西（台）」

曾

喂！我是蛇，不是繩**索**耶！

超
強
!!

「索」

STEP 02

再唸一次假名

sa	**shi**	**su**	**se**	**so**
さ	し	す	せ	そ

*「さ」字在手寫時二、三畫是分開的，但印刷字體一般是連在一起的。

STEP 03

發音暖身

| 唸唸看 | させし　　さそす　　しせさ　　すそさ
させしす　　せそさそ
さしすせそ |  |

STEP 04

單字中的假名

老太太	好吃	壽司	西裝	味噌湯
おばさん	おいしい	すし	せびろ	みそしる
↓	↓	↓	↓	↓

假名寫寫看

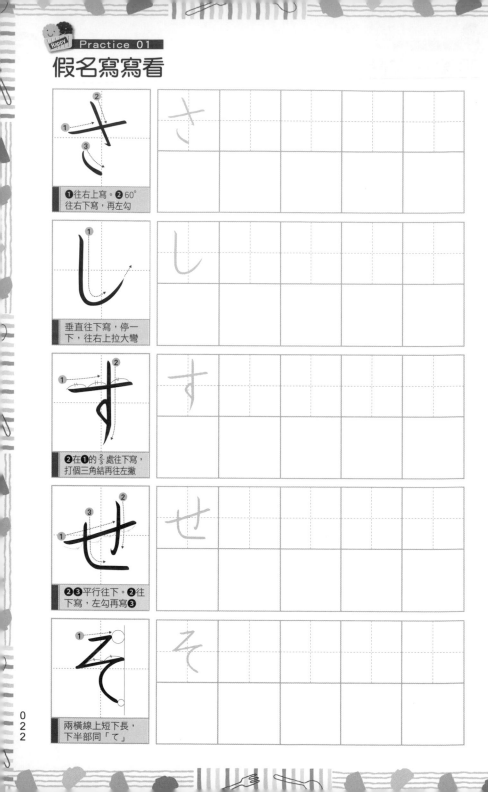

①往右上寫。②60°往右下寫，再左勾

垂直往下寫，停一下，往右上拉大彎

②在①的 $\frac{2}{3}$ 處往下寫，打個三角結再往左撇

②③平行往下。②往下寫，左勾再寫③

兩橫線上短下長，下半部同「て」

假名小遊戲

さ 練習

❶ 哪一個假名才是正確的寫法呢？自己當小老師，找出正確假名寫法，並在空白圈圈上打勾。

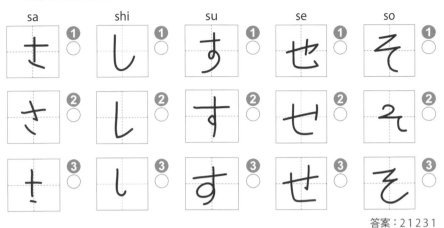

| sa | shi | su | se | so |

答案：21231

❷ 畫畫屬於自己的50音聯想圖，只要天馬行空一下，假名不用背你就會啦！

例：

這是什麼？

理香帶林志明上超市，超市裡應有盡有。日本的超市排得井然有序，生鮮蔬果鮮翠欲滴。林志明聽説超市一過晚上七點，生鮮食品就會打折，於是迫不急待地要理香帶他上超市

林 ：これは　何_{なん}ですか。

理香：これは　柿_{かき}です。

林 ：あれは？

理香：塩_{しお}です。

林 ：這是什麼？
理香：這是柿子。
林 ： 那個呢？
理香： 那是鹽巴。

Point 02
關於飲食

①

コーヒー 咖啡

②
_{ぎゅうにゅう}
牛乳 牛奶

③

_{さけ}
お酒 日本酒

④

_{にく}
肉 肉

⑤
_{とりにく}
鶏肉 雞肉

⑥

_{みず}
水 水

⑦

_{ぎゅうにく}
牛肉 牛肉

⑧

_{ぶたにく}
豚肉 豬肉

⑨

_{ちゃ}
お茶 茶，茶葉

✏ 其它相關單字

▶ パン【(葡)pão】麵包

▶ _{たまご}卵 蛋，雞蛋

▶ _{やさい}野菜 蔬菜，青菜

▶ _{くだもの}果物 水果，鮮果

 た行

 STEP 01

圖像聯想

た行五個假名是子音[t]和母音[ɑ][e][o]，子音[tʃ]和母音[i]，子音[ts]和母音[ɯ]相拼而成的。

太

我老婆，**她**是仙女！

「她」

之

沒有體力的就坐**七**字籠（日本古老人力車）啊。

「七」

川

再見全壘打！捷**足**先登啦！

「足」

天

請讓我們結婚吧！就憑你！太**天**真了！

「天」

止

哇！背部都凸（台）出來了

「凸（台）」

STEP 02
再唸一次假名

ta	chi	tsu	te	to
た	ち	つ	て	と

STEP 03
發音暖身

 唸唸看

たてち　　たとつ　ちてた　つとた
たてちつ　　てとたと
たちつてと

STEP 04
單字中的假名

榻榻米	第一名	打招呼	天婦羅	蕃茄
たたみ	いちばん	あいさつ	てんぷら	とまと

假名寫寫看

❶往右上。❷往左下。❸❹是兩條橫線

下方像畫一個蛋，寫法如小的「つ」

往右上寫，轉一個大彎，再45°往左撇

往右上寫，停一下，再往左下畫半圈

兩筆要銜接住。❷如口向右的半圓形

假名小遊戲

た 練習

❶ 哪一個假名才是正確的寫法呢？自己當小老師，找出正確假名寫法，並在空白圈圈上打勾。

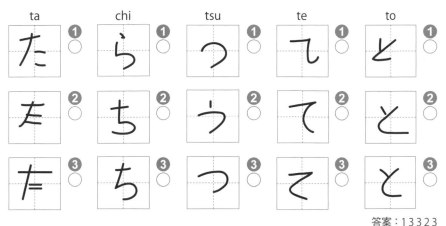

答案：13323

❷ 畫畫屬於自己的50音聯想圖，只要天馬行空一下，假名不用背你就會啦！

常用對話

你是日本人嗎?

　　金文玲陪林志明去找房子,於是來到房屋仲介公司,二人看上了一間很棒的房子。仲介公司的人打開電腦,電腦裡呈現出這間房子的3D立體圖來,二人在圖前看得興高采烈。

不動産屋:あなたは　日本人（にほんじん）ですか。

林　　　:いいえ、日本人（にほんじん）では　ありません。台湾人（たいわんじん）です。

不動産屋:学生（がくせい）ですか。

林　　　:はい、そうです。

仲介公司:你是日本人嗎?

林　　　:不,我不是日本人,我是台灣人。

仲介公司:你是學生嗎?

林　　　:是的。

關於人物稱呼

①

おとこ
男 男性

②

おんな
女 女性

④

おんな　こ
女 の子 女孩子

③

おとこ　こ
男 の子 男孩子

⑤

おとな
大人 大人

⑥

こども
子ども 小孩

⑦

がいこくじん
外国人 外國人

⑧

かた
方 位・人

✏ 其他相關單字

▶ ひとり
一人 一人；一個人

▶ みな
皆さん 大家

▶ ふたり
二人 兩個人；兩人

▶ おおぜい
大勢 很多〈人〉

 STEP 01 Track 6

圖像聯想

な行五個假名是子音[n]和母音[ɑ][ɯ][e][o]，子音[ɲ]和母音[i]相拼而成的。

奈

別檔路啦！
真**拿**你沒辦法！

「拿」

仁

你們兩父子睡覺一個樣，
真受不了！

「你」

奴

怒！誰是媽呀！

「怒」

祢

老公！我想買 PRADA 皮包。
內人幫我按摩就會這樣

「內」

乃

NO！NO！
我對美女最沒輒了！

「NO」

STEP 02

再唸一次假名

na	**ni**	**nu**	**ne**	**no**
な	に	ぬ	ね	の

＊「な」字三、四畫和「ね」字一、二畫，手寫時是分開的，但印刷字體一般是連在一起的。

STEP 03

發音暖身

<table>
<tr><td rowspan="3">唸唸看</td><td>なねに　　なのね　にねな　ぬのな</td><td rowspan="3"></td></tr>
<tr><td>なねにぬ　ねのなの</td></tr>
<tr><td>なにぬねの</td></tr>
</table>

STEP 04

單字中的假名

再見	飯糰	狗	姊姊	海苔
さよなら	おにぎり	いぬ	ねえさん	のり

假名寫寫看

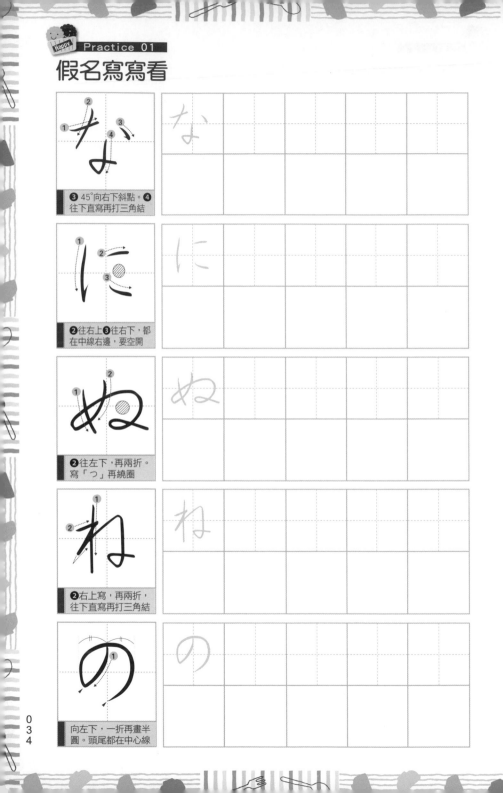

な

❸ 45°向右下斜點。❹ 往下直寫再打三角結

に

❷往右上❸往右下，都在中線右邊，要空開

ぬ

❷往左下，再兩折。寫「つ」再繞圈

ね

❷右上寫，再兩折，往下直寫再打三角結

の

向左下，一折再畫半圓。頭尾都在中心線

假名小遊戲

❶ 哪一個假名才是正確的寫法呢？自己當小老師，找出正確假名寫法，並在空白圈圈上打勾。

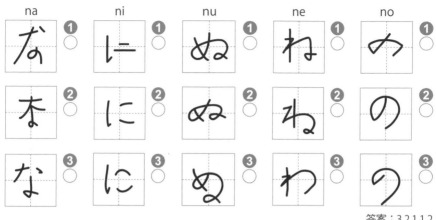

答案：32112

❷ 畫畫屬於自己的50音聯想圖，只要天馬行空一下，假名不用背你就會啦！

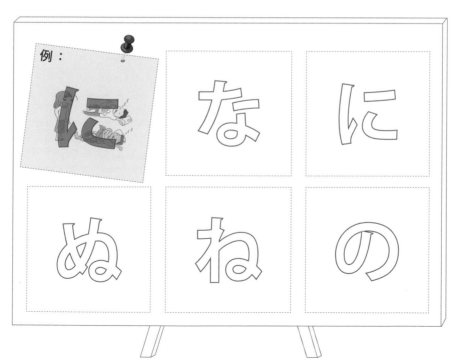

常用對話

請問這是哪裡？

林志明一向喜歡挑戰新事物，今天他計劃把東京山手線的景點逛遍，還想拍下每個車站的站著吃拉麵。沒想到一時玩過頭，人在哪裡都不知道了！只好問人了。

林	：すみません、ここは　どこですか。
お婆さん	：ここは　駅ですよ。
林	：ありがとう　ございました。
お婆さん	：どう　いたしまして。

林 ：請問這是哪裡？
老太太：這裡是電車站。
林 ：謝謝你。
老太太：不客氣。

交通工具怎麼說？

①

くるま
車　車子

②

しん かん せん
新幹線　新幹線

③

でん しゃ
電車　電車

④

バス　公車

⑤

タクシー　計程車

⑥

パトカー　警車

⑦

きゅう きゅう しゃ
救　急　車　救護車

⑧

バイク　機車

⑨

じ てん しゃ
自転車　腳踏車

✏ 其它相關單字

▶ トラック　卡車

ひ こう き
▶ 飛行機　飛機

ふね
▶ 船　船

▶ ヘリコプター　直昇機

▶ フェリー　渡輪

▶ ボート　小船

は^行

圖像聯想

は行五個假名是子音[h]和母音[a][e][o]，子音[ç]和母音[i]，子音[Φ]和母音[ɯ]相拼而成的。

波,

哈！好棒的溫泉喔！

「哈」

比,

我釣到一條魚（台）啦！

「魚（台）、嘻」

不,

風好強呼~，浪漫吧！

「呼」

部,

嘿嘿！我注定在你上面啦！
這樣比較衛生啦！

「嘿」

保,

猴子喝醉了，會怎樣呢？

「猴」

STEP 02
再唸一次假名

ha	**hi**	**fu**	**he**	**ho**
は	ひ	ふ	へ	ほ

＊「ふ」字在手寫時三、四畫是分開的，但印刷字體一般是連在一起的。

STEP 03
發音暖身

唸唸看	はへひ　　はほふ　ひへは　ふほは はへひふ　　へほはほ はひふへほ	

STEP 04
單字中的假名

火腿	日立電機	富士山	辛苦	北海道
はむ	ひたち	ふじさん	たいへん	ほっかいどう

假名寫寫看

❶❷要空開些。❸ 向下直寫，再繞圈

右上寫後停一下，畫 「∪」字再往右下撇

注意四筆畫之間的空 間。❸❹像寫「い」

往右上，轉折再往右下 寫。比例為 3：7

❶是往下寫微彎弧 線。❶❷空開些

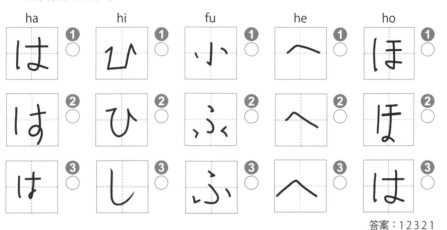

假名小遊戲

は
練習

❶ 哪一個假名才是正確的寫法呢？自己當小老師，找出正確假名寫法，並在空白圈圈上打勾。

答案：12321

❷ 畫畫屬於自己的50音聯想圖，只要天馬行空一下，假名不用背你就會啦！

例：

這是誰的書？

　　林志明迷上日本推理小説，於是在圖書館借了一些書。原本上午上完課就要帶回家看的，但林志明卻沒有帶走，於是被同學放到講台上。下午第一堂課，教授一進教室看到就問。

先生：これは　誰の　本ですか。

学生：これは　林さんの　本です。

先生：あれも　林さんの　本ですか。

学生：はい、そうです。

老師：這是誰的書？

學生：這是小林的書。

老師：那也是小林的書嗎？

學生：是的。

文具怎麼說？

①

ボールペン 原子筆

②

まんねんひつ
万年筆 鋼筆

③

コピー機 影印機
き

④

じびき
字引 字典

⑤

ペン 原子筆

⑥

しんぶん
新聞 報紙

⑦

ほん
本 書

⑧

ノート 筆記本

⑨

えんぴつ
鉛筆 鉛筆

✏ 其它相關單字

▶ じしょ
辞書 辭典

▶ ざっし
雑誌 雜誌

▶ かみ
紙 紙

第7課 ま行

 STEP 01

圖像聯想

ま行五個假名是子音[m]和母音[a][i][ɯ][e][o]相拼而成的。

末 我最喜歡綁**馬**尾了！

「馬」

美 只能拿 5 公分，一**米**都不能差喔！

「米」

武 沐浴囉！咦？水出不出來耶！

「母」

女 嗯~好**美**的花，謝謝！

「美」

毛 哈哈哈！你**摸**不到！

「摸」

STEP 02
再唸一次假名

ma	mi	mu	me	mo
ま	み	む	め	も

＊「む」與「も」的二、三筆，手寫時是分開的，但印刷字體通常是連在一起的。

STEP 03
發音暖身

<table>
<tr>
<td rowspan="3">唸
唸
看</td>
<td>まめみ　　　まもむ　みめま　むもま
まめみむ　　　めもまも
まみむめも</td>
<td></td>
</tr>
</table>

STEP 04
單字中的假名

漫畫	生魚片	全壘打	名片	喂！
まんが	さしみ	ほーむらん	めいし	もしもし

假名寫寫看

❶比❷長。◎處要同寬

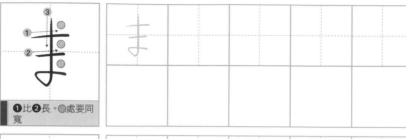

❶❷往左的筆畫要平行。❷往左下寫斜線

❷往下直寫，打三角結，再寫「U」

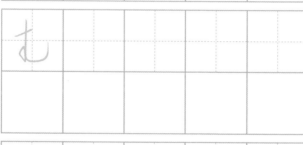

◎一樣寬。❷左下寫，轉兩折再寫「つ」

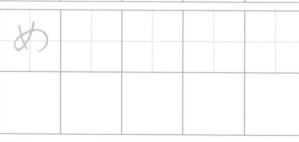

◎一樣寬。❶往下直寫，再寫「し」

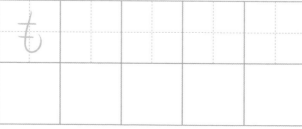

假名小遊戲

❶ 哪一個假名才是正確的寫法呢？自己當小老師，找出正確假名寫法，並在空白圈圈上打勾。

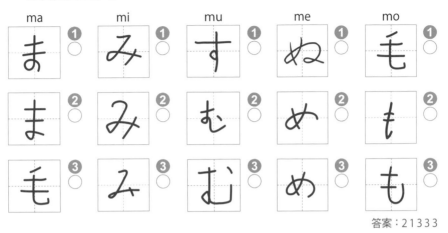

答案：21333

❷ 畫畫屬於自己的50音聯想圖，只要天馬行空一下，假名不用背你就會啦！

誰的錢包？

早上接到日本彰化銀行通知，爸爸已經把這個月的生活費匯到林志明的戶頭了。林志明高興地趕緊去把錢提出來，沒想到塞滿鈔票的錢包，卻在下公車的時候掉了下來。幸好…。

運転手：誰の 財布ですか。この 大きな 財布です。

林　　：えっ、財布ですか。

運転手：どなたのですか。

林　　：あっ、すみません。私のです。

司機：誰的錢包？這個大的錢包？

林　：咦！錢包？

司機：是誰的？

林　：啊！抱歉，是我的。

配件與隨身物品怎麼說？

①

かばん 皮包・提包

②

ぼう し
帽子 帽子

③

ネクタイ 領帶

④

ハンカチ 手帕

⑤

め が ね
眼鏡 眼鏡

⑥

さい ふ
財布 錢包

⑦

スリッパ 室內用拖鞋

⑧

くつ
靴 鞋子

⑨

くつした
靴下 襪子

✎ 其它相關單字

▸ はこ
箱 盒子・箱子

▸ はいざら
灰皿 菸灰缸

▸ たばこ 香菸

▸ マッチ 火柴

STEP 01

圖像聯想

や行三個假名是由半母音[j]和母音[a][ɯ][o]相拼而成的。

也

又胖回來了**呀**！

「呀」

由

啊！我一直想要的醬**油**。

「郵（台）」

与

哎**喲**！鑰匙忘記帶出來了啦！

「喲」

STEP 02

再唸一次假名

ya	**yu**	**yo**
や	ゆ	よ

＊「や」的二、三筆，手寫時是分開的，但印刷字體通常是連在一起的。

STEP 03

發音暖身

唸唸看	やえい　　やゆよ　いえや　ゆよや やえいゆ　　えよやよ やいゆえよ

STEP 04

單字中的假名

伴手禮	郵局	早安
おみやげ	ゆうびんきょく	おはよう
↓	↓	↓

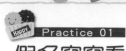

假名寫寫看

❶收筆處要往左下勾。◉一樣寬

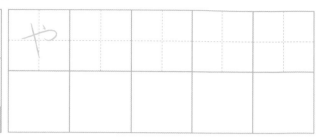

❶往右下寫弧線，再畫大彎。◉左比右寬

❶往右上寫短線。❷垂直往下，再左繞圈

假名小遊戲

❶ 哪一個假名才是正確的寫法呢？自己當小老師，找出正確假名寫法，並在空白圈圈上打勾。

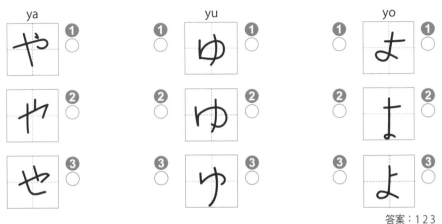

ya

① や
② ヤ
③ せ

yu

① ゆ
② ゆ
③ ゆ

yo

① よ
② ょ
③ よ

答案：123

❷ 畫畫屬於自己的50音聯想圖，只要天馬行空一下，假名不用背你就會啦！

例：

や
ゆ
よ

Point 01

常用對話

襪子在哪裡？

理香跟林志明一起去找金文玲玩，沒想到金文玲最不會收拾房間了，房間七零八亂，還有一隻貓。

理香：靴下は　どこに　ありますか。

林　：椅子の　下に　ありますよ。

理香：えっ、どこですか。

林　：椅子の　下です。

理香：あ、ありました。わっ、
　　　部屋に　猫も　いますね。

理香：襪子在哪裡？
林　：在椅子的下面。
理香：什麼，在哪裡？
林　：在椅子的下面。
理香：啊，找到了。哇！房裡還有貓啊！

傢俱怎麼說？

①
つくえ
机　桌子

②
い　す
椅子　椅子

③
と　けい
時計　鐘錶

④
でん　わ
電話　電話

⑤
ほんだな
本棚　書架

⑥
ラジカセ　收錄兩用放音機

⑦
れいぞう　こ
冷蔵庫　冰箱

⑧
か　びん
花瓶　花瓶

✏ 其它相關單字

- ▶ テーブル 桌子；餐桌
- ▶ テープレコーダー 卡帶錄音機
- ▶ テレビ 電視
- ▶ ラジオ 收音機
- ▶ 石けん 香皂・肥皂
  せっ
- ▶ ストーブ 火爐・暖爐

ら 行

圖像聯想

ら行五個假名是子音[r]和母音[ɑ][i][ɯ][e][o]相拼而成的。

良

拉了三天了！

「拉」

利

好**厲**害的身手！

「厲」

留

不要拿那麼多啦！
很**魯**喔！

「魯」

礼

啊！我貴妃勒！
每天這樣甩，很**累**耶！

「累」

呂

好長的一條**路**（台）！

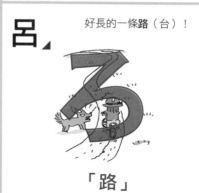

「路」

STEP 02

再唸一次假名

ra	ri	ru	re	ro
ら	り	る	れ	ろ

＊「らりれ」的一、二筆，手寫時是分開的，但印刷字體通常是連在一起的。

STEP 03

發音暖身

唸唸看

らられり　　らろる　りれら　るろら
られりる　　れろらろ
らりるれろ

STEP 04

單字中的假名

拉麵	蘋果	毛巾	對不起	鮪魚腹部
らあめん	りんご	たおる	しつれい	とろ

假名寫寫看

❶右下點再左勾。❷跟「ち」兩字下半部一樣

❶是❷的一半長。❷往下寫到一半再左撇

下半部先寫「つ」再畫三角，收筆在中線

❷往右上寫，折兩次，最後寫「し」

下半部跟「つ」一樣，像含一顆蛋。

假名小遊戲

❶ 哪一個假名才是正確的寫法呢？自己當小老師，找出正確假名寫法，並在空白圈圈上打勾。

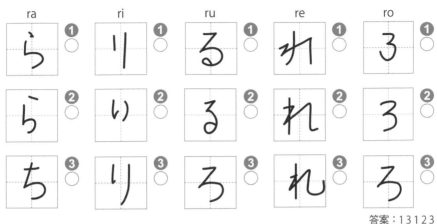

ra	ri	ru	re	ro
ら ①	リ ①	る ①	扎 ①	3 ①
ら ②	い ②	る ②	れ ②	3 ②
ち ③	り ③	ろ ③	れ ③	3 ③

答案：13123

❷ 畫畫屬於自己的50音聯想圖，只要天馬行空一下，假名不用背你就會啦！

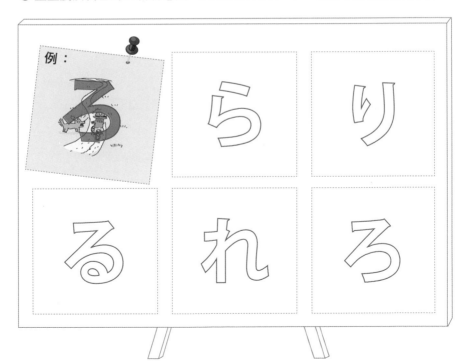

例：

ら　り

る　れ　ろ

喜歡吃魚嗎？

大家都很喜歡佐藤教授，所以教授邀請大家開了個派對。在派對上，三、四個人幾個小組，聊得很開心，其中林志明、金文玲、田中太郎、中山理香四個死黨更是有説有笑的。長得美麗又大方的金文玲，更是許多男士注目的焦點。

太郎：金^{きん}さんは　魚^{さかな}が　好^すきですか。

金　：はい、好^すきです。

太郎：じゃ、さしみは　どうですか。

金　：さしみは　好^すきでは　ありません。

太郎：金小姐，喜歡吃魚嗎？
金　：喜歡。
太郎：那，生魚片呢？
金　：我不喜歡吃生魚片。

 Point 02

食物怎麼說？

①
ご飯 _{はん} 米飯

②
朝ご飯 _{あさ はん} 早餐

③
昼ご飯 _{ひる はん} 午餐

④
晩ご飯 _{ばん はん} 晚餐

⑤
夕飯 _{ゆうはん} 晚飯

⑥
食べ物 _{た もの} 食物

⑦
飲み物 _{の もの} 飲料

⑧
お弁当 _{べんとう} 便當

⑨
お菓子 _{か し} 糕點

✏ 其它相關單字

▶ 料理 _{りょうり} 菜餚

▶ 買い物 _{か もの} 購物

▶ 食堂 _{しょくどう} 食堂，餐廳，飯館

▶ パーティー 宴會，派對

 延伸學習

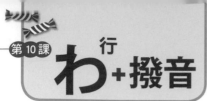

わ行 + 撥音

STEP 01

Track 11

圖像聯想

わ行假名是半母音[w]和母音[ɑ]相拼而成的。「を」的發音跟「お」一樣是發[o]。另外還有一個撥音「ん」。

和

輸人不輸陣！看我的**挖**！

「挖」

遠

歐！買尬！受不了了啦！

「歐」

● 撥音

无

恩～使勁努力！

「恩」

 STEP 02

再唸一次假名

| **wa** わ | **o** を | **n** ん |

 STEP 03

發音暖身

| 唸唸看 | わえい　　　わをう　いえわ　うをわ
わえいう　　　えをわを
わいうえを |  |

 STEP 04

單字中的假名

| 芥末 | 關東煮 | 看板 |
| わさび | おでん | かんばん |

假名寫寫看

❷往右寫，折兩次，最後再寫「つ」

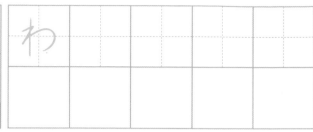

❷往左下 45°，再 90° 轉折向下直寫

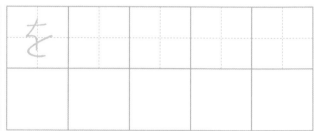

左下寫再右上回筆，到一半高，再畫半圓

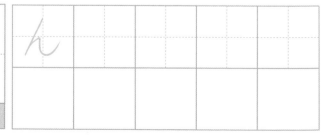

假名小遊戲

❶ **哪一個假名才是正確的寫法呢？** 自己當小老師，找出正確假名寫法，並在
空白圈圈上打勾。

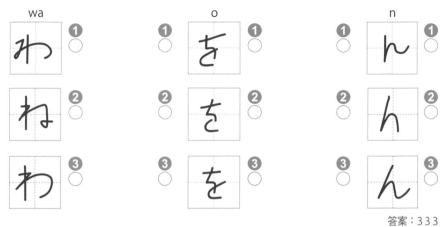

wa ① ／ ② ／ ③

o ① ① ② ② ③ ③

n ① ① ② ② ③ ③

答案：333

❷ **畫畫屬於自己的50音聯想圖**，只要天馬行空一下，假名不用背你就會啦！

例：

わ

を　ん

Point 01

常用對話

現在幾點？

下大風雪，街道全覆蓋著皚皚的白雪。來自南國台灣，從沒有看過這個景象的林志明興奮極了，叫理香用攝影機幫他拍下，他準備把大風雪的東京街頭，介紹給自己的親友看看。

理香：東京は　今　何時ですか。

林　：ええと、東京は　今　午前　九時です。

理香：天気は　どうですか。

林　：天気ですか。雪です。雪が　降って　います。

理香：東京現在幾點？

林　：嗯，東京現在上午9點。

理香：天氣如何？

林　：天氣啊！下雪。正下著雪！

形容氣象怎麼說？

① 天気 <ruby>天<rt>てん</rt></ruby><ruby>気<rt>き</rt></ruby> 天氣

② 晴れる <ruby>晴<rt>は</rt></ruby>れる （天氣）晴

③ 曇る <ruby>曇<rt>くも</rt></ruby>る 變陰

④ 風 <ruby>風<rt>かぜ</rt></ruby> 風

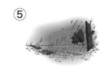
⑤ 雨 <ruby>雨<rt>あめ</rt></ruby> 雨

⑥ 雪 <ruby>雪<rt>ゆき</rt></ruby> 雪

⑦ 暑い <ruby>暑<rt>あつ</rt></ruby>い （天氣）熱

⑧ 寒い <ruby>寒<rt>さむ</rt></ruby>い （天氣）寒冷

⑨ 涼しい <ruby>涼<rt>すず</rt></ruby>しい 涼爽

⑩ 暖かい <ruby>暖<rt>あたた</rt></ruby>かい 溫暖

✏️ **其它相關單字**

▶ 春 <ruby>春<rt>はる</rt></ruby> 春天

▶ 夏 <ruby>夏<rt>なつ</rt></ruby> 夏天

▶ 秋 <ruby>秋<rt>あき</rt></ruby> 秋天

▶ 冬 <ruby>冬<rt>ふゆ</rt></ruby> 冬天

 STEP 01

圖像聯想

日語共有五個母音，就是ア行的這五個假名。

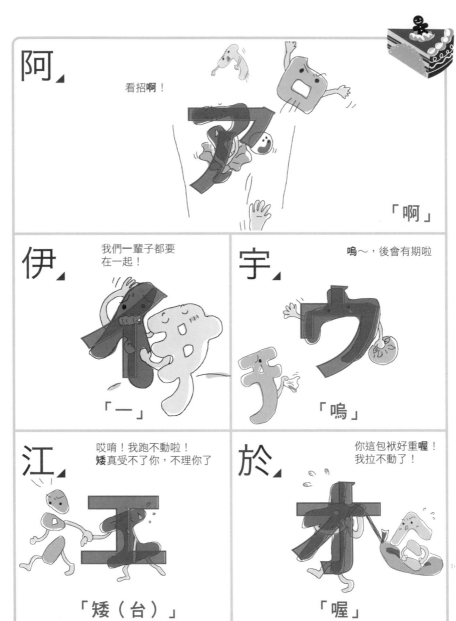

阿

看招啊！

「啊」

伊

我們一輩子都要在一起！

「一」

宇

嗚～，後會有期啦

「嗚」

江

哎唷！我跑不動啦！
矮真受不了你，不理你了

「矮（台）」

於

你這包袱好重**喔**！
我拉不動了！

「喔」

STEP 02
再唸一次假名

アᵃ	イⁱ	ウᵘ	エᵉ	オᵒ

STEP 03
發音暖身

唸唸看	アエイ　　アオウ　イエア　ウオア アエイウ　　エオアオ アイウエオ

STEP 04
單字中的假名

爽快	打火機	出局	引擎	摩托車
アッサリ	ライター	アウト	エンジン	オートバイ

假名寫寫看

ア	ア				
◎停一下，寫轉折尖角，❶❷在中線相連					
イ	イ				
兩筆相連，直線寫在中心線上					
ウ	ウ				
❶垂直往下。❸收筆處往左下撇					
エ	エ				
兩橫線上短下長					
オ	オ				
❷寫直線在中央線上，再往左上鉤					

Practice 02

假名小遊戲

ア

練習

❶ **哪一個假名才是正確的寫法呢？**自己當小老師，找出正確假名寫法，並在空白圈圈上打勾。

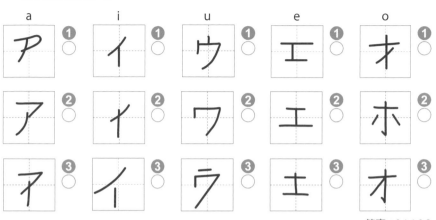

答案：21123

❷ **畫畫屬於自己的50音聯想圖**，只要天馬行空一下，假名不用背你就會啦！

071

在打電話嗎？

　　林志明未來想當空間設計師，所以利用課餘時間在一家室內設計公司，當設計助理，這是林志明公司平常忙碌的樣子。

職員1：林_{リン}さんは　話_{はな}して　いますか。

職員2：いいえ。

職員1：電話_{でんわ}を　かけて　いますか。

職員2：はい。

職員1：めがねを　かけて　いますか。

職員2：はい。

職員1：小林在講話嗎？
職員2：沒有。
職員1：在打電話嗎？
職員2：是的。
職員1：有戴眼鏡嗎？
職員2：有。

居家相關單字

①
うち
家 家

②
にわ
庭 庭院

③
プール 游泳池

④
アパート 公寓

⑤
いけ
池 池塘

⑥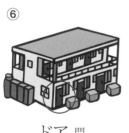
ドア 門

⑦
もん
門 大門

⑧
と
戸 拉門

 關於學校的單字

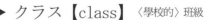

▶ がっこう 学校 學校　　　▶ クラス【class】〈學校的〉班級

▶ だいがく 大学 大學　　　▶ じゅぎょう 授業 上課・授課

▶ きょうしつ 教室 教室；研究室　　　▶ としょかん 図書館 圖書館

圖像聯想

力行是由子音[k]和五個母音[a][i][ɯ][e][o]相拼而成的。

加
我口オ**卡**好！

「卡（台）」

幾
大家再見，我要自己**去**創業啦！

「去（台）」

久
這幾十年**苦**了你啦！你也該退休啦！

「苦」

介
哼！你少來算**計**我！

「計（台）」

己
看我把**褲**（台）子給脫了！

「褲（台）」

STEP 02
再唸一次假名

ka	**ki**	**ku**	**ke**	**ko**
カ	キ	ク	ケ	コ

STEP 03
發音暖身

唸唸看	カケキ　　カコク　キケカ　クコカ カケキク　　ケコカコ カキクケコ	

STEP 04
單字中的假名

卡片	煞車	貨車	卡拉OK	可樂
カード	ブレーキ	トラック	カラオケ	コーラ

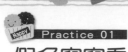
假名寫寫看

❶收筆處要 45°往左
上勾。◉轉折近直角

❶❷平行往右上寫。
❸往右下斜寫

❶❷往左下撇的兩
筆畫要平行

❸在❷中間往左下
撇。❶❸兩筆平行

❶轉折處近 90°。❶
❷橫線等長

假名小遊戲

❶ 哪一個假名才是正確的寫法呢？自己當小老師，找出正確假名寫法，並在空白圈圈上打勾。

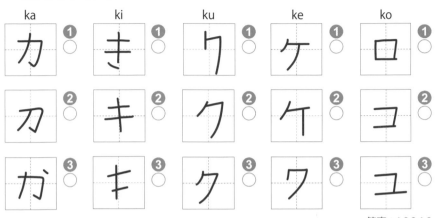

ka	ki	ku	ke	ko

答案：12312

❷ 畫畫屬於自己的50音聯想圖，只要天馬行空一下，假名不用背你就會啦！

例：

是哪一個人呢？

在一個廣場前的公車站牌，有8個人排隊等公車，金文玲排在第三。這時在路的對面林志明自滿地告訴日本的友人，從8個人當中指出美麗、大方的金文玲來。

林 ：彼女は　25歳ぐらいです。
　　髪の　毛は　あまり　長くないです。
　　背は　高いです。
友人：ああ、３番目の人ですね。

林 ：她大概 25 歲左右，頭髮不怎麼長，個子很高。
友人：啊！是排第三的那個！

身體部位怎麼說

①

<ruby>頭<rt>あたま</rt></ruby> 頭

②

<ruby>顔<rt>かお</rt></ruby> 臉

③

<ruby>耳<rt>みみ</rt></ruby> 耳朵

④

<ruby>目<rt>め</rt></ruby> 眼睛

⑤

<ruby>鼻<rt>はな</rt></ruby> 鼻子

⑥

<ruby>口<rt>くち</rt></ruby> 嘴巴

⑦

<ruby>歯<rt>は</rt></ruby> 牙齒

✏ 其它相關單字

▶ <ruby>手<rt>て</rt></ruby> 手，手掌

▶ おなか 肚子；腸胃

▶ <ruby>足<rt>あし</rt></ruby> 腿；腳；〈器物的〉腿

▶ <ruby>体<rt>からだ</rt></ruby> 身體；體格

▶ <ruby>背<rt>せ</rt></ruby> 身高，身材

▶ <ruby>声<rt>こえ</rt></ruby> 〈人或動物的〉聲音

 STEP 01

圖像聯想

サ行五個假名是子音[s]和母音[ɑ][ɯ][e][o]，子音[ʃ]和母音[i]相拼而成的。

散

少了我，你們不過是一盤散沙啊！

「沙」

之

唉呀！什麼東西在下面吹啊！

「西」

須

識相的話就把錢給我！

「識」

世

誰説的！我拔給你看！

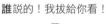

「誰」

曾

沒有太陽！田就荒廢了！我一無所有了！

「收」

STEP 02
再唸一次假名

sa	**shi**	**su**	**se**	**so**
サ	シ	ス	セ	ソ

STEP 03
發音暖身

唸唸看	サセシ　　　サソス　　　シセサ　　　スソサ サセシス　　　セソサソ サシスセソ

STEP 04
單字中的假名

優惠	我	公車	造型	馬拉松
サービス	ワタシ	バス	セット	マラソン

假名寫寫看

❷比❸短。❸垂直
往下寫。再向左撇

❶❷兩點平行往右
下點，❸往右上撇

❶❷在中心點相接。
◎停一下

❶往右上寫。◎是 45°
轉折。❷轉折處近直角

❶❷一樣高。
❷ 45°往左下撇。

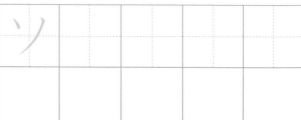

假名小遊戲

サ 練習

❶ 哪一個假名才是正確的寫法呢？自己當小老師，找出正確假名寫法，並在空白圈圈上打勾。

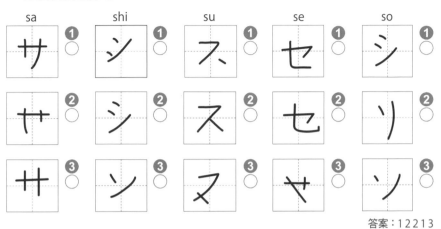

sa	shi	su	se	so
サ ①	シ ①	ス ①	セ ①	シ ①
サ ②	シ ②	ス ②	セ ②	リ ②
サ ③	ソ ③	ス ③	ヤ ③	ツ ③

答案：12213

❷ **畫畫屬於自己的50音聯想圖**，只要天馬行空一下，假名不用背你就會啦！

例：

サ　シ
ス　セ　ソ

常用對話

你星期日做了什麼？

每個星期假日林志明總是往外跑，不愛整理的他，為了能邀請理惠跟金文玲到家裡玩，上星期努力的打掃了房間。

理香：日曜日　何を　しましたか。

林　：家で　洗濯して、掃除を　しましたよ。

理香：大変でしたね。

林　：ほんとう、面白く　なかったよ。

理香：你星期日做了什麼？

林　：在家洗衣，打掃啊！

理香：真辛苦啊！

林　：可不是，挺無聊的。

Point 02
休閒娛樂怎麼說？

①

ゲームを する 打電玩

②

写真を 撮る 拍照
しゃしん と

③

釣りを する 釣魚
つ

④

山に 登る・山を 登る 爬山
やま のぼ やま のぼ

⑤

歌を 歌う 唱歌
うた うた

⑥

花を 生ける 插花
はな い

⑦

映画を 見る 看電影
えいが み

✏ 其它相關單字

▶ 習字を する 寫書法
しゅうじ

▶ ドライブを する （開車）兜風

▶ スケートを する 溜冰

▶ 将棋を 指す 下將棋
しょうぎ さ

▶ 音楽を 聞く 聽音樂
おんがく き

タ行

圖像聯想

タ行五個假名是子音[t]和母音[α][e][o]，子音[tʃ]和
母音[i]，子音[ts]和母音[ɯ]相拼而成的。

タ 太沒良心了！

「他」

チ 真是**欺**人太甚了！

「欺」

ツ 要立**足**於此，一定要團結！

「足」

テ 天啊！這樣我會撐不住的啦！

「天」

ト 小偷躲哪裡去啦！

「偷」

STEP 02
再唸一次假名

ta	chi	tsu	te	to
タ	チ	ツ	テ	ト

STEP 03
發音暖身

唸唸看	タテチ　　タトツ　チテタ　ツトタ タテチツ　　テトタト タチツテト	

STEP 04
單字中的假名

計程車	小鋼珠	三菱工業	窗簾	大衣
タクシー	パチンコ	ミツビシ	カーテン	コート

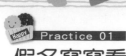

假名寫寫看

タ
❶❷同為45°往左撇。
❸不可超出❷斜線

チ
❷比❶長。❸往下
直寫後要微微左撇

ツ
❶❷平行往右下點，
❸往左下撇

テ
❶❷平行上短下長，❸
中間起筆，與❷相連

ト
❶❷相連，❷在❶的
$\frac{1}{3}$處45°往右下點

假名小遊戲

タ
練習

❶ 哪一個假名才是正確的寫法呢？自己當小老師，找出正確假名寫法，並在空白圈圈上打勾。

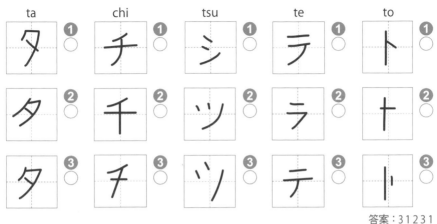

| ta | chi | tsu | te | to |

答案：31231

❷ 畫畫屬於自己的50音聯想圖，只要天馬行空一下，假名不用背你就會啦！

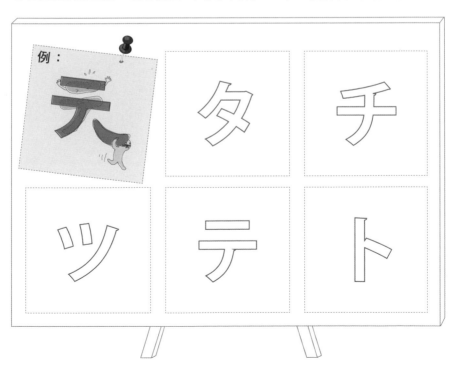

例：

對不起！

今天理香和金文玲去公共澡堂洗澡，太郎也去了。為了討好兩位可愛的小姐，太郎自動說要替兩位洗衣服。可是，只見烘乾機前理香手上，拿著一雙被染成藍色的白襪子，生氣地對太郎說話。

理香：あっ、私（わたし）の　白（しろ）い　靴下（くつした）が……。

太郎：あら、青（あお）く　なりましたね。

理香：青（あお）い　服（ふく）と　いっしょに　洗（あら）わないで　ください。

太郎：すみません。

理香：啊，我白色的襪子…。
太郎：唉呀，變成藍色的了…。
理香：不要跟藍色衣服一起洗。
太郎：對不起！

服裝怎麼說？

①
背広 西裝
<small>せ びろ</small>

②
ワイシャツ 襯衫

③
ポケット 口袋

④
服 衣服
<small>ふく</small>

⑤
上着 上衣
<small>うわ ぎ</small>

⑥
シャツ 襯衫

⑦
コート 大衣

⑧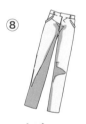
ズボン 褲子

✏ 其它相關單字

▶ 洋服 西服
<small>ようふく</small>

▶ ボタン 鈕釦

▶ セーター 毛衣

▶ スカート 裙子

夕
延伸學習

圖像聯想

ナ行五個假名是子音[n]和母音[ɑ][ɯ][e][o]，子音[n]和母音[i]相拼而成的。

奈 吶喊求救！

「吶」

仁 阿**尼**基，我要永遠跟你睡在一起。

「尼」

奴 你這**奴**才，你絕對沒有逃跑的機會！

「奴」

祢 你可以説我是你的**內**人喔！

「內」

乃 龍捲風來了！no～

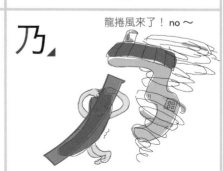

「no」

STEP 02

再唸一次假名

na	ni	nu	ne	no
ナ	ニ	ヌ	ネ	ノ

STEP 03

發音暖身

唸唸看	ナネニ　　ナノネ　ニネナ　ヌノナ ナネニヌ　　ネノナノ ナニヌネノ	

STEP 04

單字中的假名

香蕉	大哥	史努比	領帶	筆記
バナナ	アニキ	スヌーピー	ネクタイ	ノート

假名寫寫看

❷在中心線起筆，先寫直線，再向左撇

❶❷上短下長。◎要空開些

❷45°往右下寫。❶❷在中心點交叉

❷❸❹在中心點上相接。◎為45°

45°往左下撇。中間在中心點上

假名小遊戲

❶ 哪一個假名才是正確的寫法呢？自己當小老師，找出正確假名寫法，並在空白圈圈上打勾。

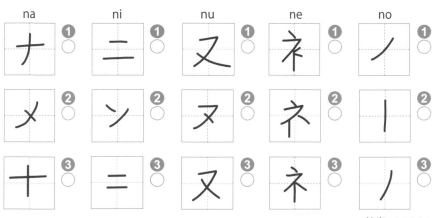

答案：11231

❷ 畫畫屬於自己的50音聯想圖，只要天馬行空一下，假名不用背你就會啦！

會打網球嗎？

金文玲為了健身想加入俱樂部，進俱樂部前，教練手上拿著健康檢查表問了金文玲幾個問題。看到美麗的金文玲教練忍不住要多問一些…。

コーチ：金さん、テニスが　できますか。

金　　：はい、できます。

コーチ：運転が　できますか。

金　　：もちろん、できますよ。

コーチ：では、料理は　できますか。

金　　：それは……、できません。

教練：金小姐，會打網球嗎？
金　：會的。
教練：會開車嗎？
金　：當然，會啊！
教練：那，你會做料理嗎？
金　：那個啊…，我不會。

Point 02

運動怎麼說？

①

野球 <ruby>や<rt>や</rt></ruby><ruby>きゅう<rt>きゅう</rt></ruby> 棒球

②

サッカー 足球

③

テニス 網球

④

ゴルフ 高爾夫球

⑤

ジョギング 慢跑

⑥

スキー 滑雪

⑦

バスケットボール 籃球

⑧

卓球 <ruby>たっきゅう<rt>たっきゅう</rt></ruby> 桌球

⑨

水泳 <ruby>すいえい<rt>すいえい</rt></ruby> 游泳

✐ 其它相關單字

▶ エアロビクス 韻律體操

▶ バレーボール 排球

▶ ボーリング 保齡球

 STEP 01

圖像聯想

八行五個假名是子音[h]和母音[α][e][o]，子音[ç]和
母音[i]，子音[Φ]和母音[ɯ]相拼而成的。

	哈！才説要永結同心，怎麼馬上就分手啦！

「哈」

比 嘻！愛老虎油！ 「嘻」	不 當你的丈夫真是倒楣！ 「夫」
部 嘿！老闆不在，終於可以偷一下懶啦！ 「嘿」	保 沒有了侍衛，沒有了皇冠，一個人要怎麼活下去！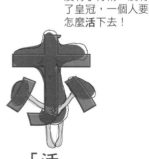 「活」

STEP 02

再唸一次假名

ha	**hi**	**fu**	**he**	**ho**
ハ	ヒ	フ	ヘ	ホ

STEP 03

發音暖身

唸唸看	ハヘヒ　　　ハホフ　ヒヘハ　フホハ ハヘヒフ　　　ヘホハホ ハヒフヘホ

STEP 04

單字中的假名

方向盤	咖啡	高爾夫球	髮型	飯店
ハンドル	コーヒー	ゴルフ	ヘアスタイル	ホテル
↓	↓	↓	↓	↓

假名寫寫看

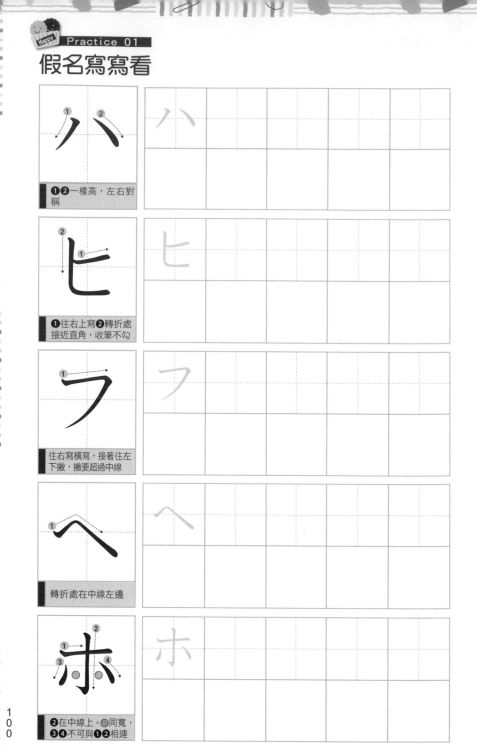

ハ ❶❷一樣高，左右對稱

ヒ ❶往右上寫❷轉折處接近直角，收筆不勾

フ 往右寫橫寫，接著往左下撇，撇要超過中線

ヘ 轉折處在中線左邊

ホ ❷在中線上。◎同寬，❸❹不可與❶❷相連

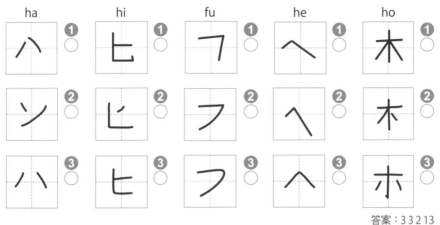

假名小遊戲

❶ 哪一個假名才是正確的寫法呢？自己當小老師，找出正確假名寫法，並在空白圈圈上打勾。

ha	hi	fu	he	ho
ハ ①	ヒ ①	フ ①	へ ①	木 ①
ソ ②	ヒ ②	フ ②	へ ②	木 ②
ハ ③	ヒ ③	フ ③	へ ③	ホ ③

答案：3 3 2 1 3

❷ 畫畫屬於自己的50音聯想圖，只要天馬行空一下，假名不用背你就會啦！

例：

ハ　ヒ

フ　へ　ホ

常用對話

星期六、日有空嗎？

冬天，日本最盛行的活動就是滑雪了。太郎跟林志明想到青森滑雪，於是打電話給理香，準備邀她跟金文玲去青森滑雪。

林　　：もしもし、中山さんの　お宅ですか。

理香の母：はい、中山ですが。

林　　：林と　申しますが、理香さんを　お願いします。

理香の母：はい、少々　お待ち　ください。

理香　：お電話　かわりました。中山です。

林　　：理香さんですか。林ですが。土日は　おひまですか。

理香　：ええ、別に　用は　ありませんが。

林　　：青森へ　行って、スキーしませんか。

理香　：いいですね。

林　　：では、一時に　駅の　前で、会いましょう。

林　：喂，這是中山家嗎？	理香：有啊，我沒什麼事啊！
理香母：喂，中山你好。	林　：我們去青森滑雪，如何？
林　：敝姓林，我找理香小姐。	理香：好啊！
理香母：好的，你請等一下。	林　：那，我們就下午一點在車站
理香：你好，我是中山。	前碰面了。
林　：理香嗎？我是小林啦，你星	
期六、日有空嗎？	

關於馬路與建築物

①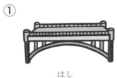

はし
橋 橋

②

こう さ てん
交差点 十字路口

③

みち
道 路

④

えき
駅 車站

⑤

や お や
八百屋 蔬果店

⑥

たい し かん
大使館 大使館

⑦

たてもの
建物 建築物

⑧

ぎんこう
銀行 銀行

 STEP 01

圖像聯想

マ行五個假名是子音[m]和母音[a][i][ɯ][e][o]相拼而成的。

末

我的**媽**呀！
我的圍巾！
快回來！

「媽」

三

咪咪呀！你肚子肥得像個游泳圈。

「咪」

牟

母親大人，我牛魔王只愛美人！

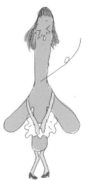

「母」

女

姊姊是公主，妹**妹**是要飯的

「妹」

毛

媽！看**毛**毛蟲的裙子掉下來了啦！

「毛」

STEP 02

再唸一次假名

ma	mi	mu	me	mo
マ	ミ	ム	メ	モ

STEP 03

發音暖身

唸唸看

マメミ　　マモム　ミメマ　ムモマ
マメミム　　メモマモ
マミムメモ

STEP 04

單字中的假名

麥克風	鋁	奶油	菜單	馬達
マイク	アルミ	クリーム	メニュー	モーター

マ
認識假名

假名寫寫看

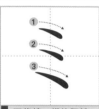

❶在中線收筆，❷
和❶相連

マ

ミ

三條線一樣的距離、
角度，但❸較長

❶中線起筆，❶❷
相連

ム

メ

❶❷交叉在中心點

メ

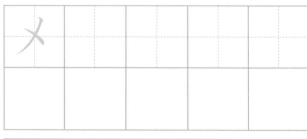

❶❷上短下長

モ

假名小遊戲

❶ 哪一個假名才是正確的寫法呢？自己當小老師，找出正確假名寫法，並在空白圈圈上打勾。

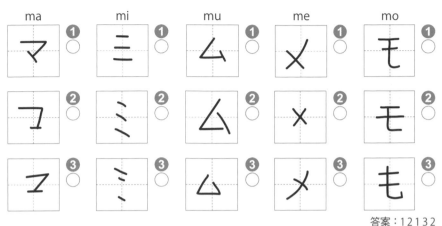

答案：12132

❷ 畫畫屬於自己的50音聯想圖，只要天馬行空一下，假名不用背你就會啦！

我們想到青森車站

林志明、田中、理香跟小金等四個人去青森滑雪。滑完雪後,想逛逛青森,聽説青森車站,有好吃的車站便當,於是四個人邊看地圖,邊找青森車站,但中途還是迷路了,這時候林志明就自告奮勇上前問路人。

林：ちょっと　すみません。

人：はい。

林：青森駅に　行きたいのですが。

人：青森駅ですか。ええと……。あの　信号を
　　左に　曲がって　ください。

林：左ですね。

人：ええ。そして、まっすぐ　行って
　　ください。それから……。

林：すみません、地図を　書いて　ください。

林　：請問一下。
路人：有什麼事?
林　：我們想到青森車站。
路人：青森車站啊!嗯…。請在那個紅綠燈左轉。
林　：左邊嗎?
路人：是的。然後,直走。接下來…。
林　：不好意思,請幫我畫張地圖。

Point 02

位置怎麼說？

①

ひがし
東 東邊

②

にし
西 西邊

③

みなみ
南 南邊

④

きた
北 北邊

⑤

うえ
上 上面

⑥

した
下 下面

⑦

ひだり
左 左邊

⑧

みぎ
右 右邊

✏ 其它相關單字

▶ そと
外 外面

▶ なか
中 裡面

▶ まえ
前 前面

▶ うし
後ろ 後面

▶ む
向こう 對面；另一側

延伸學習

第18課　ヤ行

STEP 01　圖像聯想

ヤ行三個假名是由半母音[j]和母音[a][ɯ][o]相拼而成的。

也

醜小鴨，一塑身，變成窈窕美女啦！

「鴨」

由

嘿！you 怎麼脱人家的褲子！

「you」

與

朋友們，來世再相逢！
保重啦！

「友」

 STEP 02

再唸一次假名

ya	yu	yo
ヤ	ユ	ヨ

 STEP 03

發音暖身

唸唸看	ヤエイ　　　ヤユヨ　イエヤ　ユヨヤ ヤエイユ　　　エヨヤヨ ヤイユエヨ

 STEP 04

單字中的假名

山葉機車	我愛你	豐田汽車
ヤマハ	アイラブユー	トヨタ

YAMAHA

假名寫寫看

❶右上寫，再 45°轉折。
❷向右下直寫停在中線

❶❷要相連

❶與❷❸相連。三筆
橫線平行。◎等距

假名小遊戲

❶ **哪一個假名才是正確的寫法呢？**自己當小老師，找出正確假名寫法，並在空白圈圈上打勾。

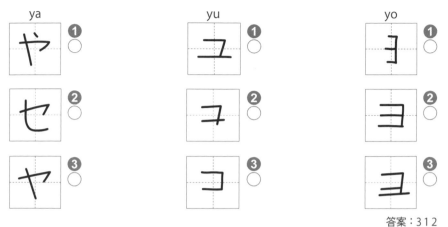

答案：312

❷ **畫畫屬於自己的50音聯想圖**，只要天馬行空一下，假名不用背你就會啦！

ヤ
練習

1
1
3

從事什麼工作呢？

理香的父母總是聽理香談到好動、開朗的林志明，所以也很想見他一面。今天林志明到理香家，理香家客廳掛著全家福照，兩人指著照片在説話。

理香：これは　兄です。

林　：あっ、お兄さん、かっこいいですね。

理香：兄は　自動車の　セールスを　して　います。

林　：これは　お父さんと　お母さんですね。

理香：ええ、仲が　いいです。

林　：いいですね。お仕事は　何ですか。

理香：父は　公務員です。母は　スーパーで
　　　パートを　して　います。

理香：這是我哥哥。

林　：啊，你哥哥好帥。

理香：我哥哥是汽車行銷員。

林　：這是你父母吧！

理香：是啊！兩人感情好得很呢！

林　：真好，從事什麼工作呢？

理香：我父親是公務員，我母親在超市打零工。

Point 02
職業怎麼說？

①

てんいん
店員 店員

②

かんごし
看護師 護理師

③

かいしゃいん
会社員 公司職員

④

せんせい
先生 教師

⑤

がくせい
学生 大學生

⑥

きしゃ
記者 記者

⑦

けいさつかん
警察官 警察

⑧

しゅふ
主婦 主婦

⑨

さっか
作家 作家

✎ 其它相關單字

▶ うんてんしゅ
運転手 司機

▶ いしゃ
医者 醫師

▶ かしゅ
歌手 歌手

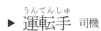

ラ 行

圖像聯想

ラ行五個假名是子音[r]和母音[a][i][ɯ][e][o]相拼而成的。

良

用力**拉**啊！
這人蔘吃了會長命百歲！

「拉」

利

可惡！看我的**厲**害！

「厲」

流

土石流來了！這條**路**完啦，快逃啊！

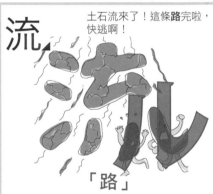

「路」

礼

您就別多**禮**了。

「禮（台）」

呂

哈**囉**，一起玩吧！

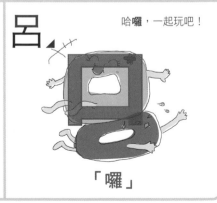

「囉」

STEP 02
再唸一次假名

ra ラ	**ri** リ	**ru** ル	**re** レ	**ro** ロ

STEP 03
發音暖身

 唸唸看

ラレリ　　ラロル　リレラ　ルロラ
ラレリル　　レロラロ
ラリルレロ

STEP 04
單字中的假名

收音機	室內拖鞋	啤酒	檸檬	專業
ラジオ	スリッパ	ビール	レモン	プロ

假名寫寫看

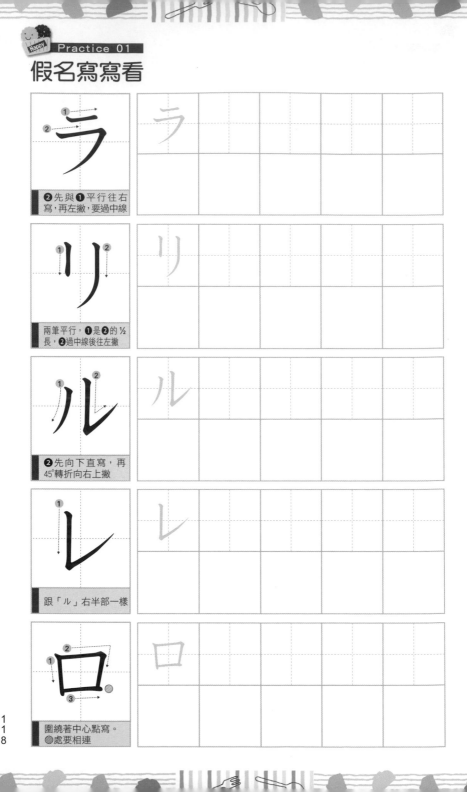

ラ
❷先與❶平行往右寫，再左撇，要過中線

リ
兩筆平行，❶是❷的½長，❷過中線後往左撇

ル
❷先向下直寫，再45°轉折向右上撇

レ
跟「ル」右半部一樣

ロ
圍繞著中心點寫。◎處要相連

假名小遊戲

❶ **哪一個假名才是正確的寫法呢？**自己當小老師，找出正確假名寫法，並在空白圈圈上打勾。

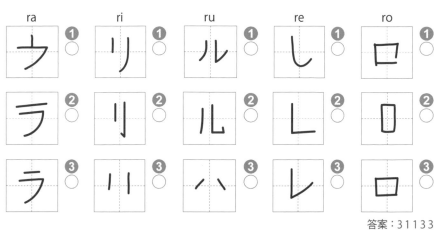

	ra	ri	ru	re	ro
❶	ウ	リ	ル	し	ロ
❷	ラ	リ	ル	L	ロ
❸	ラ	リ	ハ	レ	ロ

答案：31133

❷ **畫畫屬於自己的50音聯想圖**，只要天馬行空一下，假名不用背你就會啦！

例：

ラ　リ
ル　レ　ロ

多少錢呢？

大致習慣日本生活的林志明，上街購物部份可以一個人料理了。今天林志明到銀座街的服飾店買內褲，店員是個年輕女性，他很不好意思地挑選內褲。

林　：すみません。パンツが　ほしいのですが。

店員：この　パンツは　どうですか。

林　：えっ、どの　パンツですか。

店員：この　青い　パンツです。

林　：そうですね。おいくらですか。

店員：500円です。

林　：じゃ、これ　ください。

店員：はい、500円です。毎度　ありがとう
　　　ございます。

林　：不好意思，我想買件內褲。	林　：這件啊！嗯…要多少錢？
店員：這件如何？	店員：500 日圓。
林　：什麼？哪一件？	林　：那，給我這件。
店員：這件藍色的內褲。	店員：好的，500 日圓。謝謝惠顧！

價錢怎麼說？

①

<ruby>い<rt></rt></ruby>

いちえん
１円　一日圓

②

ご えん
５円　五日圓

③

じゅうえん
１０円　十日圓

④

ごじゅうえん
５０円　五十日圓

⑤

ひゃくえん
100円　一百日圓

⑥

ごひゃくえん
５００円　五百日圓

⑦

せ ん えん
1,000円　一千日圓

⑧

に せんえん
2,000円　二千日圓

⑨

ご せんえん
5,000円　五千日圓

✏ 其它相關單字

▶ いちまんえん
　10,000円　一萬日圓

▶ アメリカドル　美金

▶ たいわん
　台湾ドル　台幣

▶ ユーロ　歐元

▶ ウォン　韓幣

▶ ルーブル　盧布（俄幣）

ワ + 撥音

圖像聯想

ワ行假名是半母音[w]和母音[α]相拼而成的。「を」的發音跟「お」一樣是發[o]。

和

哇！我的門牙～！

「哇」

乎

歐買尬！武器還我！

「歐」

● 撥音

尓

別想再欺壓我了！
看我的內功嗯～～～。

「嗯」

再唸一次假名

wa	**o**	**n**
ワ	ヲ	ン

發音暖身

唸唸看

ワエイ　　ワヲウ　イエワ　ウヲワ
ワエイウ　　エヲワヲ
ワイウエヲ

單字中的假名

襯衫（白襯衫）	溼毛巾	賓士
ワイシャツ	オシボリ 發音=ヲ	ベンツ

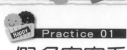

假名寫寫看

注意❶❷相連，跟「ウ」下半部一樣

❶❷橫線要平行，且要在中線上方。注意筆順

❶ 45°往右下點，❷ 較長，45°往左上撇

假名小遊戲

ワ
練習

❶ **哪一個假名才是正確的寫法呢？**自己當小老師，找出正確假名寫法，並在空白圈圈上打勾。

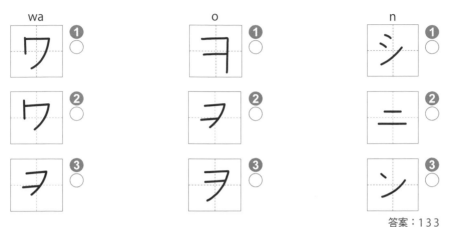

wa
① ワ ○
② ワ ○
③ ヲ ○

o
① ヲ ○
② ヲ ○
③ ヲ ○

n
① シ ○
② ニ ○
③ ン ○

答案：133

❷ **畫畫屬於自己的50音聯想圖**，只要天馬行空一下，假名不用背你就會啦！

例：

ワ

ヲ　ン

125

是這個還是那個呢？

　　天氣說變就變，偏偏出門後才下雨。理惠匆匆忙忙地到臨近店家想買把傘，沒想到發現一家好店，樣式多又有創意，本來覺得糟糕透了，沒想到是發現了小確幸。

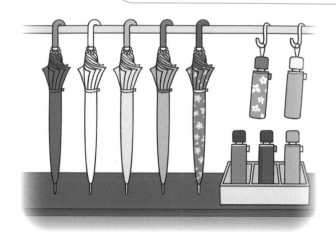

理惠：すみません。その　たなの　上（うえ）の　傘（かさ）を見（み）せてください。

店員：長（なが）い　傘（かさ）ですか。それとも　短（みじか）い　傘（かさ）ですか。

理惠：長（なが）い、花（はな）の　絵（え）の　ついている　傘（かさ）です。

店員：あ、これですね。どうぞ。

理惠：不好意思，我想看架子上面的那把傘。
店員：是長柄傘嗎？還是短柄傘呢？
理惠：長的、有花樣的那一把。
店員：喔，是這一把吧？請慢慢看。

餐具怎麼說？

①

スプーン 湯匙

②

フォーク 叉子

③

ナイフ 刀子

④

さら
皿 盤子

⑤

ちゃわん
茶碗 飯碗；茶杯

⑥

グラス 玻璃杯

⑦

はし
箸 筷子

⑧

コップ 杯子

⑨

カップ 〈有把〉茶杯

Track 22

包括「が（ガ）、ぎ（ギ）、ぐ（グ）、げ（ゲ）、ご（ゴ）」。發音方法是將原本清音か行的子音「k」，換成「g」，變成「ga/gi/gu/ge/go」。寫法是在清音右上角打兩點就好了

が

ぎ

ぐ

げ

ご

Track 22

包括「ざ（ザ）、じ（ジ）、ず（ズ）、ぜ
（ゼ）、ぞ（ゾ）」。發音方法是將原本清
音ざ行的子音「s」，換成「z」，變成
「za/ji/zu/ze/zo」。寫法是在清音右上角
打兩點就好了！

ざ

じ

ず

ぜ

ぞ

ザ

ジ

ズ

ゼ

ゾ

だ行

Track 22

包括「だ（ダ）、ぢ（ヂ）、づ（ヅ）、で（デ）、ど（ド）」。發音方法是將原本清音た行的子音「t」，換成「d」，變成「da/ji/zu/de/do」。ぢ的發音同じ，づ的發音同ず。寫法是在清音右上角打兩點就好了！

だ

ぢ

づ

で

ど

ダ

ヂ

ヅ

デ

ド

ば行

包括「ば（バ）、び（ビ）、ぶ（ブ）、
べ（ベ）、ぼ（ボ）」。發音方法是將原
本清音は行的子音「h」，換成「b」，變
成「ba/bi/bu/be/bo」。寫法是在清音右上
角打兩點就好了！

ば

び

ぶ

べ

ぼ

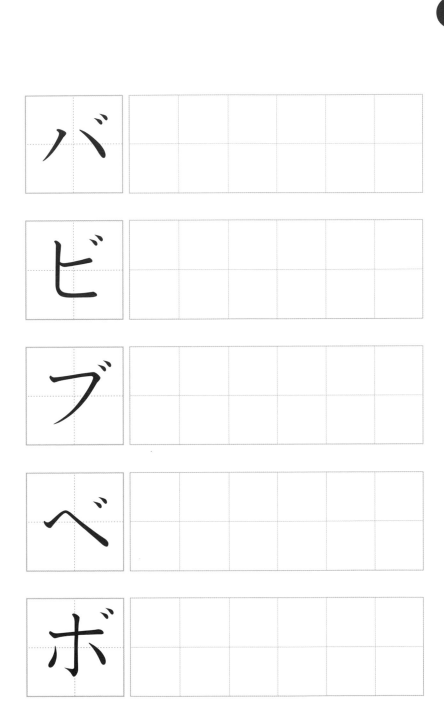

バ

ビ

ブ

ベ

ボ

Track 22 包括「ぱ（パ）、ぴ（ピ）、ぷ（プ）、ぺ（ペ）、ぽ（ポ）」。發音方法是將原本清音は行的子音「h」，換成「p」，變成「pa/pi/pu/pe/po」。寫法是在清音右上角一個圈就好了！

ぱ°

ぴ°

ぷ°

ぺ°

ぽ°

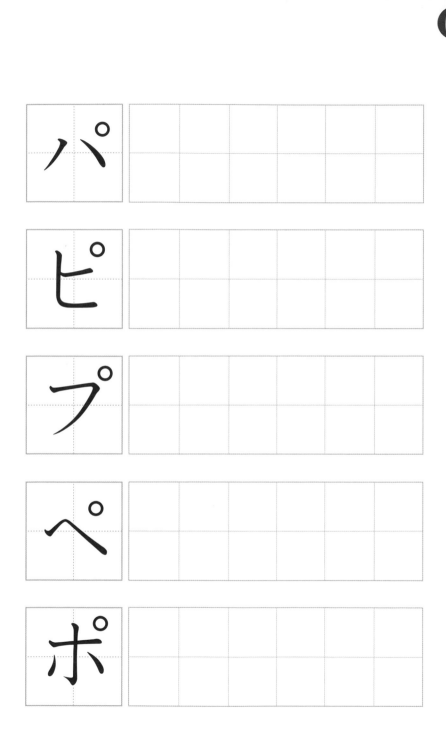

促音

認識促音

促音用寫得比較小的假名「っ」表示，片假名是「ッ」。發促音時，嘴形要保持跟它後面的子音一樣，然後好像要發出後面的子音，又不馬上發出，這樣持續停頓約一拍的時間，最後讓氣流衝出去。再一次強調，發促音的時候，是要佔一拍的喔！

書寫時，橫寫要靠下寫，豎寫要靠右寫。羅馬拼音是用重複促音後面的子音字母來表示。

促音是不單獨存在的，也不出現在詞頭、詞尾，還有撥音的後面。它只出現在詞中，一般是在「か、さ、た、ぱ」行前面。

 STEP 02

單字中的促音

Track 23

拖鞋	床	貨車	釘書機	手提包
スリッパ	ベッド	トラック	ホッチキス	バッグ

Practice

假名寫寫看

コ	ッ	プ

ざ	っ	し

も	っ	と

き	っ	ぷ

長音

認識長音

長音就是把假名的母音部分，拉長一拍唸的音。要記得喔！母音長短的不同，意思就會不一樣，所以辨別母音的長短是很重要的！還有，除了撥音「ん」和促音「っ」以外，日語的每個音節都可以發成長音。另外，外來語橫式以「ー」表示，直式以「｜」表示。

單字中的長音

Track 24

媽媽

<ruby>お<rt></rt></ruby>母<ruby><rt>かあ</rt></ruby>さん

★「あ段假名後加あ」要發長音

高興

嬉<ruby><rt>うれ</rt></ruby>しい

★「い段假名後加い」要發長音

數學

数学<ruby><rt>すうがく</rt></ruby>

★「う段假名後加う」要發長音

姊姊

お姉<ruby><rt>ねえ</rt></ruby>さん

★「え段假名後加い或え」要發長音

爸爸

お父<ruby><rt>とう</rt></ruby>さん

★「お段假名後加う或お」發長音

假名寫寫看

お	か	あ	さ	ん

う	れ	し	い

す	う	が	く

お	ね	え	さ	ん

お	と	う	さ	ん

長音

 **STEP 01**

拗音

認識拗音

由い段假名和や行相拼而成的音叫「拗音」。拗音音節只唸一拍的長度。拗音的寫法是在「い段」假名後面寫一個比較小的「ゃ」「ゅ」「ょ」，用兩個假名表示一個音節。

 **STEP 02** Track **25**

單字中的拗音

棒球	準備	一下下
やきゅう	じゅんび	ちょっと
野 球	準 備	
把拗音拉長一拍，就是拗長音	拗音後面緊跟著撥音就叫拗撥音	拗音後面如果緊跟著促音就叫拗促音

 STEP 03 Track **25**

其他單字

空中小姐	襯衫	慢跑	包心菜	果汁
スチュワーデス	シャツ	ジョギング	キャベツ	ジュース

 **STEP 04**

拗音的記法

★（「い」以外的）い段

	き	し	ち	に	ひ	み	り
や	きゃ	しゃ	ちゃ	にゃ	ひゃ	みゃ	りゃ
ゅ	きゅ	しゅ	ちゅ	にゅ	ひゅ	みゅ	りゅ
ょ	きょ	しょ	ちょ	にょ	ひょ	みょ	りょ
濁音	˝	˝	˝	✕	˝	✕	✕
半濁音	✕	✕	✕	✕	°	✕	✕

假名寫寫看

スチュワーデス

シャツ

ジョギング

キャベツ

ジュース

這次一定要學會日語50音

【私房教學 9】

■ 發行人／林德勝

■ 著者／上原小百合

■ 出版發行／山田社文化事業有限公司
　　地址　臺北市大安區安和路一段112巷17號7樓
　　電話　02-2755-7622
　　傳真　02-2700-1887

■ 郵政劃撥／19867160號　大原文化事業有限公司

■ 總經銷／聯合發行股份有限公司
　　地址　新北市新店區寶橋路235巷6弄6號2樓
　　電話　02-2917-8022
　　傳真　02-2915-6275

■ 印刷／上鎰數位科技印刷有限公司

■ 法律顧問／林長振法律事務所　林長振律師

■ 書＋MP3／定價　新台幣199元

■ 初版／2018年1月